Honoré de Balzac

Trois histoires d'amour

バルザック 三つの恋の物語

オノレ・ド・バルザック

安達 正勝 訳　木原 敏江 画

国書刊行会

バルザック　三つの恋の物語

まえがき

この本は、フランス文学の巨匠バルザックの小説を絵本にするという、本邦初の試みである。

今年で画業五十年となる木原敏江さんにすばらしいイラストを描いていただき、大好きなバルザックの本をこのような形で世に送り出すことができたことは望外の喜びである。

バルザックに『三つの恋の物語』という短編集があるわけではない。個々に選んだ三つの短編集のタイトルとして訳者が名づけたものだ。それぞれの作品の題は、木原さんの提案により、ヒロインの名前に統一した。

バルザックの小説が書かれたのは十九世紀前半のことなので、現代日本の読者への橋渡しになるような短い文章を各作品の冒頭につけた。訳者はフランス遊学後は、フランス史上の人間像を多く手がけてきたので、この手の文章は結構得意である。作品を味わう一助になれば、と思う。

木原さんは大変なご苦労をなさってイラストを仕上げてくださった。美しい絵を鑑賞するだけでも十分に楽しんでいただけると思う。

恋愛心理の描写は、フランス文学のお家芸の一つで、その伝統は収録した三つの短編小説にも受け継がれている。「ロマン主義の流れをくむ写実主義の開祖」と位置づけられるバルザックの場合は、筆致が精緻で力強い。普遍的人間像をみごとに描ききっている。

バルザックの仕事ぶりは伝説になっている。コーヒーをがぶ飲みしながら、多い日は十四時間、少ない日でも九時間、平均して一日十二時間、原稿用紙に向かい続けた。それだけ自分の文学世界の構築に情熱を注ぎ込んだということだが、無理がたたって、五十歳までしか生きられなかった。十八年間も文通を続けたポーランドの伯爵夫人とやっと結婚に漕ぎ着けたばかりだった。この本がきっかけでバルザック愛好者が一人でも増えることを願っている。

安達正勝

二〇一九年八月

目次

リストメール侯爵夫人

リストメール侯爵夫人

原題は「女性研究」 *Étude de femme* 1830年

ブルボン王家はフランス革命によっていったんは玉座から追われたが、ナポレオン時代をへた一八一四年にふたたび王位に復帰した。ブルボン家は、反動的な政策がたたって一八三〇年の七月革命で最後的にフランスから追われる。一八一四年から一八三〇年までを王政復古の時代というが、この物語は王政復古時代のパリ貴族社交界の一情景を描いたものである。

王政復古の時代は、フランス革命前の貴族社会をなつかしむ雰囲気が強かった。革命前は、上流貴族の女性たちは社交生活に明け暮れたものだった。昼すぎに起床し、化粧とドレスアップにたっぷり数時間をかけ、お茶会、パーティー、観劇、舞踏会に出かける。夜中の二時すぎまで遊びまわることもしばしばだった。スキャンダルを起こさないかぎりは、外でかなり自由に恋愛することも許容されていた。

しかし、フランス革命とナポレオン時代をへた後であるだけに、この王政復古の時代には、上流貴族社会の女性たちは革命前ほど勝手気ままに行動することはできず、モラルが求められるようにもなっていた。もちろん、このような時代の風潮からどの程度影響を受けるかは、女性によって異《こと》なる。

リストメール侯爵夫人は、王政復古の時代精神の中でそだった若い女性たちの一人である。正しい行動を心がける女性で、決められた日には肉食を断《た》ち、教会で聖体拝領をするが、その一方では、念入りに着飾って舞踏会に行き、ブフォン座やオペラ座に観劇に行く。相談役の聖職者が、世俗的なことと宗教的なことの取り合わせを許可していた。

いつでも教会と社交界の規範にあわせて行動するリストメール侯爵夫人は、当代の典型的な女性の一人であり、「合法性」を座右の銘にしているかのように見える。太陽王ルイ十四世の晩年に国王の寵姫《ちょうき》[1]となったマントノン夫人は陰気な信仰心で国王に大きな影響をおよぼしたものだが、侯爵夫人の行動には新しいマントノン夫人になれそうな信心深さがあった。晩年には厳格な雰囲気になった太陽王の時代も、最初の頃は恋愛情事がさかんだった。そうした時代がもどってきても、侯爵夫人は十分に適応できる社交性ももっている。今のところ、侯爵夫人の暮らしぶりはいたって堅実だが、それは打算によるのかもしれないし、あるいは、趣味によるのかもしれない。

彼女がリストメール侯爵と結婚したのは七年前のことである。侯爵は貴族院議員に

✤1　国王の正式な愛人。寵姫は日陰の存在ではまったくなく、宴会や舞踏会を主催し、外国大使を引見する。席次はもちろん王妃よりも下だが、王妃を上回る権勢を振るうことが多く、宮廷の事実上の女主人だった。

なれる日を待っている下院議員たちの一人であり、侯爵夫人はおそらくは自分の行動によって家族の野心に役立とうともしているのだろう。何人かの女性は、侯爵夫人が本当はどんな女性かを見極めるために、リストメール氏が貴族院議員になる日を待っている。その時には侯爵夫人も三十六歳になっているだろうが、三十六歳といえば、大部分の女性が社会のしきたりにだまされてきたことに気づき、もうこれから先は好きなように生きてみようかと思ったりもする年齢である。

リストメール侯爵は、べつにどうということもない人物である。宮廷ではしかるべく振る舞い、長所も欠点もめだたない。長所が美徳の評判を呼ぶこともないし、欠点が悪徳による一種の華々しさを添えることもない。議会で発言することはけっしてないが、良識ある投票行動をとる。家庭においても、下院議院でと同じように振る舞う。そういうわけで、侯爵はフランスで最良の夫としてとおっている。興奮していきりたつこともないし、待たされないかぎりはぶつくさと小言をいうこともない。友人たちは侯爵を「曇り空」と呼んでいる。実際、侯爵には明るすぎる光もないし、完全な闇もない。彼は、憲章[2]以来フランスで次々に交代してきた、あまりぱっとしない内閣に似ている。

✽2　一八一四年に王位に復帰したルイ十八世（ルイ十六世の弟）が公布した憲法のこと。

正しい行動を心がける女性にとっては、これ以上にいい夫にめぐり会うことはむずかしい。美徳あふれる女性にとって、けっして馬鹿なことをしでかさない男と結婚できたのは大きいのではないだろうか。ダンスをしているとき、手に軽く力を込めるという不躾《ぶしつけ》なことをするダンディー気取りに会うこともあるが、相手は軽蔑の眼差《まなざ》しを受け取るだけで、どんなにすばらしい希望も芽のうちに萎《しお》れさせる春の霜のような、侮蔑的な無関心に行きあたるのであった。美男子、才気煥発《かんぱつ》な人、自惚《うぬぼ》れ屋、ステッキを握りしめながら想像をたくましくする感性自慢の男たち、有名ないしは評判の人々、大貴族も小貴族も、彼女のそばにあってはみな精彩を欠く存在になった。

彼女は、才気があると思う男たちと好きなだけ長く、頻繁《ひんぱん》に話をしても悪い評判がたたない権利を獲得している。ある種のあだっぽい女たちは、後で奔放な思いをみたすためにこうした振る舞いを七年間はつづけることができる。しかし、ことリストメール侯爵夫人にかぎっては、このような下心を想定することは誹謗中傷《ひぼうちゅうしょう》になるだろう。

私は幸いにも、数ある侯爵夫人の中でも不死鳥ともいうべきこの女性に会う機会を得た。彼女は話がうまく、私は聞き上手なほうだ。私は彼女に気にいられ、彼女の家の夜会に出席できるようになった。こうなることが私の野心のすべてだった。不美人でも美人でもないが、リストメール侯爵夫人は歯が白く、つやつやとした肌、非常に赤い唇をしていた。背が高く、スタイルがよかった。足は小さくてか細く、歩くときは足を前に出したりはせず、滑るように歩いた。パリ人のほとんどはどんよりとした目つきをしているが、彼女の目はまったくそんなことはなく、活気づいたときにはやさしい輝きを放ち、魔法のような効果をもった。こうしたちょっとしたことから、人はその人がどんな人間かを推し量るものだ。会話に興味をもつと、それまで冷たい物腰の下に注意深く隠されていた優雅さが姿を現わす。そういう時の彼女は魅力的だ。彼女はことさらに自分を魅力的に見せようと思っているわけではないのに、それに成功するのである。ことさらに得ようと求めないときにこそ、欲しいものが手に入るものだ。この言葉は非常に真実を言い当てているので、そのうちに諺《ことわざ》になるのではなかろうか。これから話す物語は、これを例証するような話だが、今パリのすべてのサロンで大いに話題になっているのでなければ、一人の女性の心の秘密を明かす、こんな話を私はしたりはしない。

一カ月ほど前、リストメール侯爵夫人はある若い男性とダンスをした。その若者は慎み深いが、そそっかしくもあり、数々の美点をもちながらもわざと欠点しか見せないような男だった。情熱家のくせに、情熱を馬鹿にする。才能はあるが、それを隠す。貴族相手には学者ぶってみせ、学者相手にはことさらに貴族ぶる。このウージェーヌ・

ド・ラスティニャックは、とてもまっとうな若者の一人で、未来が宿すものを知るためにあらゆることをためし、人間というものを秤《はかり》にかけていた。世に出て野心を発揮する年齢に達するのを待つ間、すべてを馬鹿にしてかかっていた。優雅さと個性をかねそなえていたが、この二つは普通はあいいれないものなので、両者をかねそなえているのは珍しいことだ。彼は、うまくやろうなどということは考えずにリストメール侯爵夫人と三十分ほど話をした。ウィリアム・テルのオペラの話から始まった会話のなりゆきで「女性の義務」という話題になったとき、彼は一度ならず侯爵夫人をどぎまぎさせるふうに見つめた。それから夫人のそばをはなれ、その後は夜会の間、夫人と言葉をかわすことはなかった。ダンスをし、トランプをし、いくらか金をすり、寝に帰った。すべては以上のように経過した、と私は皆様に断言する。私は何事も付け加えていないし、何事も言い落としていない。

翌朝、ウージェーヌ・ド・ラスティニャックは寝坊をし、ベッドの中でぐずぐずしていた。たぶん、朝の夢想に身をゆだねていたのだろう。こうした時、若い男性は妖精のように絹やカシミヤや木綿のベッドカーテン[3]の下にもぐりこむものだ。体が眠気でだるければだるいほど、精神はますます活性化する。行儀作法の修得が十分でない人たちはよくやるものだが、ラスティニャックは何度もあくびをしたりはせずに起

✤3　この頃の貴族は、天蓋が付いて周りがカーテンで囲まれたベッドに寝ていた。

き上がり、呼び紐を引いて従僕を呼び、紅茶を用意させて何杯も何杯も飲んだ。紅茶が好きな人たちはだれが何杯飲もうと異常なこととは思わないが、紅茶を消化不良の万能薬としか考えない人に事情を納得してもらうために、ウージェーヌは手紙を書いていたということを付け加えよう。彼は椅子にゆったりと座っていたのだが、足は足温箱の中に入れているよりは暖炉の薪台の上にのせていることのほうが多かった。

　両端にグリフォン[4]飾りの付いたピカピカの棒の上に足をのせること、そして、起きて部屋着でいるときに恋愛を想起すること、これはこの上もなく甘美なことなので、私は自分に恋人がなく、薪台も部屋着もないことを本当に残念に思う。もし私がこれらすべてのものを持っていたなら、観察したことを述べるよりも、そうしたことをみずから享受するだろう。

　ウージェーヌは最初の手紙を十五分で書き終えた。手紙をたたみ、封筒に入れて封をし、住所は書かずに前に置いた。十一時に書き始めた二通目の手紙は、やっと正午に書き終えた。四頁びっしりの手紙だった。

✤4　胴体は獅子、頭と翼は鷲の怪物。

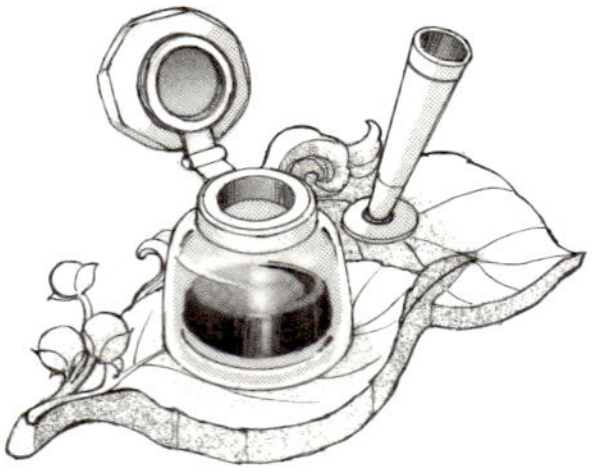

「あの女《ひと》が頭の中を駆けめぐっている」と彼は二通目の手紙を折りたたみながら独り言をいった。まずは、思うともなく湧き上がる夢想に身をゆだねたかった。その後で住所を書こうと思って、手紙を前に置いた。枝葉模様の部屋着の裾を合わせ、足台の上に足をのせ、赤いカシミヤのズボンのポケットに手をすべりこませ、座るところと背もたれがちょうど百二十度になっている枕付きの快適な安楽椅子に座って身をのけぞらせた。もう紅茶を飲むのはやめ、じっと座ったまま、暖炉のところにあるシャベルの金色の取っ手に目を固定していたが、取っ手もシャベルも金色も見てはいなかった。火をかきたてることさえしなかった。大きな間違いだ！　なぜって、女性のことを考えているときに火をいじるのは、とても大きな楽しみではないだろうか。暖炉の中ではじけ、突然とび出す小さな青い炎にわれわれの精神は言葉を託すものだ。力強くも唐突な「ブルギニョン」が意味するものをわれわれは知ろうとする。

　この「ブルギニョン」という言葉について少し考えてみよう。知らない人たちのために、匿名希望の高名な語源学者の説を紹介する。「ブルギニョン」とは暖炉の中で火が激しい音をたててはじける現象を指す民衆的で象徴的な言葉で、シャルル六世[5]の時代にできた。これが起こると、絨毯やドレスの上に火の粉をはじきとばし、焦がす

ことがある。虫に食われた薪の内部に残った空気の泡が火によってはじけ出るのだという。「そこから愛が生まれ、そこからブルギニョンが生じる」というラテン語の言い回しもある。真っ赤に燃える二本の薪の間に細心の注意をして収めたはずの炭火が雪崩《なだれ》のように転がるのを見て、びっくりさせられる。だれかを愛しているときに火をかきたてるのは、思っていることを物に託して展開することではないだろうか。

私がウージェーヌの部屋に入って行ったのは、こうした時だった。彼はぴくりとして言った。「ああ、君かい、親愛なるオラース。いつから、いたんだい?」

「いま来たところだ」

「そうか!」

彼は二通の手紙を手に取り、住所を書き、従僕を呼んだ。

「これを街《まち》に持って行ってくれ」

ジョゼフは何もいわずに街に出て行った。何も訊《き》かずにすぐ行動する、すばらしい従僕だ!

私たちはモレ遠征について話し始めた。私はこの遠征に軍医として任用されることを望んでいた。ウージェーヌは、パリを離れることによって多くを失うことになるだ

✿5　フランス国王、在位一三八〇年―一四二二年。百年戦争時の国王。ジャンヌ・ダルクに助けられて国王になったシャルル七世の父親。

ろうと私に忠告した。それから、いろいろな話をしたが、大して重要なことではないので、われわれの会話を省略しても皆様は気を悪くはなさるまい。

リストメール侯爵夫人が午後の二時頃に起きたとき、小間使いのカロリーヌが夫人に一通の手紙をわたした。カロリーヌが夫人の髪をセットしている間に夫人は手紙を読んだ（これは、多くの若い女性たちが犯す軽はずみである）。

「親愛なる愛の天使、人生と幸福の宝物よ！」という言葉を目にしたとき、侯爵夫人は手紙を火に投げ入れようとした。しかし、どんなに美徳あふれる女性でもよく理解できる気紛れが、夫人の頭をかすめた。それは、こんなふうに書き始めた男はどんなふうに書き終えるものだろうか、という好奇心だった。彼女は手紙を読んだ。四頁目を読み終えたとき、彼女は疲れた人のように腕をだらりと下げた。

「カロリーヌ、だれがこの手紙を持ってきたか、聞いてきなさい」

「奥様、ラスティニャック男爵様の従僕から私が直接受け取りました」

しばらくの間、二人ともだまっていた。

「奥様、ドレスをお召しになりますか？」とカロリーヌがたずねた。

「いいえ、けっこう」

「こんな手紙をよこすとは、ずいぶんと厚かましい男にちがいない！」と侯爵夫人は思った。

女性の方々全員に、ご自分でコメントを考えてくださるようにお願いする。リストメール侯爵夫人は、ウージェーヌ氏を玄関払いにしようと固く決意した。そして、もし社交界で氏と顔を合わせた場合は軽蔑以上のものを示してやろうとも決意した。というのも、氏の厚かましさは、これまでに侯爵夫人が最後には許してきたいかなる不作法とも比較できないほどのものだったからである。最初は手紙をとっておこうと思ったが、よくよく考えたすえに、焼き捨てた。

「奥様は告白の手紙というのをお受け取りになったところです。そして、お読みになりました！」とカロリーヌは家政婦に言った。

「奥様にかぎって、そんなことは絶対にないと思っておりましたのに」と老女は非常に驚いていた。

その晩、侯爵夫人はボーセアン侯爵の家に行った。ここにラスティニャックがたぶんいるはずだった。土曜日だった。ボーセアン侯爵はラスティニャック氏の遠縁にあたるので、若者は夜会の間に必ずやってくるにちがいなかった。

夜中の二時、リストメール夫人はウージェーヌを冷たい態度で圧倒するためにのみ居残っていたのだったが、むなしく待つことになってしまった。才知の人、スタンダールは「結晶作用」[6]という奇妙な概念を思いついたが、この夜会の間とその後に侯爵夫人の心に作用したのがこれであり、自分でもそれとわからないうちに恋心が芽生えてしまったのであった。

四日後、ウージェーヌは従僕を叱りつけていた。

「ああ、これはなんということだ！　ジョゼフ、おまえをクビにせざるをえんな！」

「何のことでしょう、旦那様？」

「おまえは馬鹿なことばかりやっている。金曜日にわたした二通の手紙をおまえはどこに届けたんだ？」

ジョゼフは間の抜けた顔つきになった。頭の中を駆けめぐる想念にすっかり気をうばわれて、大聖堂の入口にある像のようにぴくりとも動かなかった。それから急に馬鹿のようににったりと笑い、言った。

「旦那様、一通はサン＝ドミニック街、リストメール侯爵夫人様宛でございました。もう一通は代訴人の……」

「いま言ったことは確かか？」

ジョゼフはすっかり困ってしまった。またしても偶然居合わせていた私は、自分が

✽6　スタンダールが『恋愛論』の中で述べている説。スタンダールはバルザックと同時代の作家、代表作は『赤と黒』。

乗り出さねばなるまいということを見て取った。

「ジョゼフの言うとおりだ」と私が言うと、ウージェーヌは私のほうを振り向いた。

「まったくそんなつもりはなかったんだが、封筒の住所を見てしまったんだ。それで……」

「それで」と私をさえぎってウージェーヌが言った。「手紙の一通は、ヌシンゲン夫人宛ではなかったかい？」

「いいや、断じて違う！　それで僕は、君の心がサン＝ラザール街からサン＝ドミニック街へと方向を変えたと思ったんだ」

ウージェーヌは手のひらで額をたたき、笑い出した。ジョゼフは過失が自分から生じたのではないことを理解した。

さて、すべての若い人たちがよく考えてみるべき教訓は次のとおりだ。

第一の過失――リストメール夫人に宛てられたのではないラブレターがまちがって夫人の手に落ちたことが夫人の笑いを誘うだろう、そして、それはけっこうおもしろい、とウージェーヌが思ったこと。

第二の過失――彼がリストメール夫人の家を訪れたのは四日もたってからのことであり、貞節な若い女性の心に結晶作用が起こる時間を与えたこと。

ほかにもまだ十ほどの過失があるが、これを思い当てることができない人たちに直々に伝授する喜びをご婦人方から奪わないために言わないでおこう。

ウージェーヌは侯爵夫人の家の門に着いたが、通ろうとしたとき、門番が彼を呼び止め、奥様は外出中ですと言った。彼が馬車にもどろうとしていると、ちょうど侯爵が帰ってきた。

「さあ、いらっしゃい、ウージェーヌ！　妻は家にいます」

侯爵を許してあげていただきたい。どんなにいい夫でも、完璧の域に達することはめったにないのだから。階段を上りながら、ラスティニャックは人生という美しい本のこの一節に見出される社交界的論理の誤りに十ほど気がついた。

夫がウージェーヌといっしょに部屋に入ってくるのを見たとき、リストメール夫人は顔が赤くなるのをどうにもできなかった。若い男爵は、夫人が急に赤面したのを見逃さなかった。女性が媚態《びたい》という本能からはなれられないのと同じように、どんなに慎ましい男性にもなお自惚れが少しは残っていてそれをなくすことができないのなら、この時ウージェーヌが次のように思ったとしても、だれがそれを非難できようか――

「なんと、この要塞のような女が、おれになびくなんてことがあるのか？」

そして、彼は気取ったポーズをとった。若い人たちはそう貪欲ではないとはいえ、それでもやはり男の常として、みんなメダル収集箱に一つでも多く入れたがるものだ。

リストメール氏は、暖炉の上に『ガゼット・ド・フランス』紙があるのに気づき、それを手にとって窓のところに行った。ジャーナリストの助けを借りて、フランスの現状について自分の意見を持とうというのだった。

女性というものは、とくにお上品ぶった女性は、どんなに困難な状況に置かれても長い間どぎまぎしたままではいないものだ。女性は、我らが母イヴから与えられたイチジクの葉をいつも手に持っているようだ。そういうわけで、門番に与えられた指示を自分の自惚れに都合のいいように解釈してウージェーヌがリストメール夫人に幾分か格好をつけて挨拶したとき、国王の言葉よりも意味がわかりにくい女性特有の微笑《ほほえ》みによって、彼女は自分の気持ちを完全に包み隠すことができていた。

「おかげんでも悪いのでしょうか、奥様？　門を通さないように指示なさいましたが」

「いいえ、そんなことはございません」

「ひょっとして、お出かけになるところでしたのでは？」

「そういうこともございません」

「どなたかお待ちだったのでは？」

「だれも待ってはおりません」

「もし私の訪問が不躾でしたら、侯爵様に苦情を言っていただくしかありません。私はあなたの不思議な指示にしたがおうとしたのですが、侯爵様が私を聖域へと導き入

れたのです」

「リストメール氏は何も知らなかったのです。夫に秘密を打ち明けるのがいつでも思慮深いとはかぎりませんもの……」

侯爵夫人のしっかりとした、やさしい語調、彼女が投げかけた威圧的な眼差《まなざ》しによって、ラスティニャックは、気取ったポーズをとるのが少し早すぎたと思い知らされた。

「奥様、よくわかりました」と笑いながら彼は言った。「それでしたら、私は侯爵様に出会ったことを二重に喜ばなければなりません。侯爵様のおかげで、私はあなた様に申し開きする機会を得たのですから。あなたが善良さそのものと言っていい、とても善《い》い方でなかったら、申し開きは危険いっぱいのものになったことでしょう」

侯爵夫人は若い男爵をかなり驚いた様子で見たが、威厳をもって答えた。

「あなた、なにもおっしゃらないのがあなたからの最良のお詫びになりますわよ。私のほうは、なにもかもすっかり忘れることをお約束します。あなたは許してさしあげるにはほとんど値しない方なのですけれども」

「奥様」とウージェーヌは勢いこんで言った。「侮辱はなかったのですから、お許しは不要なのです」

そして低い声で「あなたがお受け取りになった手紙、あなたにはとても不作法に思われたあの手紙は、あなたに宛てられたものではなかったのです」と付け加えた。

　侯爵夫人は、虚を突かれて、微笑まざるを得なかった。夫人としては、若者から非礼な恋文を送られて気分を害された、ということのほうがはるかにましだった。

「なぜ、嘘をおつきになるのです」と彼女は軽蔑をこめた陽気な様子で言葉を続けたが、語調はかなりやさしかった。「あなたをお叱りした今は、罪がないとは申せない策略を喜んで笑ってさしあげましょう。私は罠にかかった可哀相な女たちを知っています。『ああ！　なんてあの方は愛情深いのでしょう！』とそういう女たちは言うのでしょう」

　侯爵夫人は無理に笑い出し、寛大な様子で「私たちがお友達のままでいたいのなら、取り違えがあったなどとは二度とおっしゃらないでください。私はけっしてだまされませんから」

「名誉にかけて申しますが、奥様、あなたはご自分で思っていらっしゃる以上に大きな思い違いをしておられます」とウージェーヌははっきりとした口調で答えた。

「いったいあなた方は何の話をしておいでかな？」とリストメール氏がたずねた。氏は少し前から二人のやりとりを聞いていたのだが、何のことかまったくわからなかった。

「あら、あなたにはおもしろみのないことです」と侯爵夫人が答えた。

リストメール氏は何事もなかったようにまた新聞を読み始め、「ああ！　モルソーフ夫人[7]が亡くなった。あなたの気の毒な弟さんは多分、今クロッシュグールドにおられるだろう」と言った。

「あなた、わかっていらっしゃるの？」とウージェーヌのほうに向き直りながら侯爵夫人はつづけた。「あなたは今、とても失礼なことをおっしゃいましたのよ」

「あなた様が厳格な原則の持ち主だということを知らなかったなら」と彼は無邪気に答えた。「私がそうではないと言っている思いを私に押しつけようとなさっているか、それとも、私の秘密を知ろうとなさっているのかのいずれかだと私は思ってしまいますよ。あるいは、私をからかおうとしていらっしゃるのかもしれませんね」

侯爵夫人は微笑んだ。この微笑みがウージェーヌを苛立《いらだ》たせた。

「奥様、あなたは」と彼は言った。「私が犯しもしなかった侮辱をなお信じることがおできになれるのですか！　あの手紙を読むべき人がだれかを、偶然にあなたが社交界で見つけることがないように、私は心から願っています……」

「なんということでしょう！　ヌシンゲン夫人宛の手紙だったというのですか？」とリストメール夫人は叫んだ。ヌシンゲン夫人とウージェーヌの熱愛は、社交界でよく

✤7　バルザックの代表作『谷間の百合』のヒロイン。モルソーフ夫人の恋人はリストメール侯爵夫人の弟。

話題になったものだった。その熱愛も冷め、青年の心はヌシンゲン夫人から自分に移った、と彼女は思っていた。それなのに、二人はまだ続いていたなんて……。青年の皮肉に反撃しようという気持ちよりも、本当のところを知りたいという気持ちのほうが強かった。

ウージェーヌは顔を赤らめた。いつまでも忠実であり続けるのは馬鹿らしいことだと女性に冷やかされて赤面しないためには、二十五歳以上になっていなければならない。女性たちが男の忠実さをからかうのは、それをどれほど羨んでいるかを隠すためなのである。

赤面はしたが、それでもかなりの冷静さをたもちつつ、彼は言った。

「いけませんか、奥様？」

以上が、二十五歳の時に犯しがちな過失である。ウージェーヌの打ち明け話はリストメール夫人に激しい衝撃を与えた。しかし、ウージェーヌは、女性の顔を急いで、あるいは、斜めから見て分析する術《すべ》をまだ知らなかった。侯爵夫人の唇だけがすっかり青ざめてしまっていた。

リストメール夫人は薪を持ってこさせるために召使いを呼び、こうしてラスティニャックが立ち上がって暇乞《いとまご》いをするようにしむけた。

「もしお話しのとおりだといたしましたら」と侯爵夫人はウージェーヌを呼び止め、冷たくもったいぶった様子で言った。「どのような偶然で私の名前をあなたがお書きになったかを説明するのはむずかしいことでしょうね。手紙に書かれた住所は、舞踏会を離れるときにうっかり取り違えた隣の人のシルクハットとはちがいますもの」

ウージェーヌはすっかりどぎまぎしてしまった。思いがけずも一人の女性の心を傾けさせたという自惚れを感じつつも、どうしていいかわからず、馬鹿みたいな様子で侯爵夫人を見つめた。自分が滑稽な立場になったと感じ、学校の生徒のような言葉をもぐもぐと言い、部屋を出た。

ウージェーヌの打ち明け話をなおにわかには信じかねた侯爵夫人だったが、数日後、ウージェーヌの言ったことが本当だったという疑い得ない証拠を得た。

十六日前から、彼女は社交界に出てきていない。

侯爵は理由をたずねるすべての人に「妻は胃炎になりまして」と言っている。

私は侯爵夫人を診察し、彼女の秘密も知っているので、事情がよくわかっている。彼女は軽い神経発作を起こしただけであり、これを口実にして家に籠《こ》もっているのである。

Étude de femme

ロジーナ

ロジーナ

原題は「我らが大佐の愛人」 *La Maîtresse de notre colonel* 1834年

この作品は、その後1842年に「続女性研究」Autre Étude de femmeの中に
他の四つの短編と共に題名なしで収録された

バルザックによれば、パリには二種類の夜会があったのだという。一つは、いわば公式の夜会で、招かれた大勢の招待客が集う。この夜会では、見も知らぬ人たちの間にあって貴顕淑女たちが退屈することもある。招待客の多くが帰ってサロンが人もまばらになった頃、夜会を主催した女主人がごくごく親しい人たちに「お残りください。仲間内で夜食をとりましょう」と声をかける。こうして気心の知れた人たちだけが残ったもう一つの夜会が本当の夜会なのだとバルザックは言う。ゆったりとくつろいだ雰囲気の中で、モンリヴォー将軍が若き日の体験談を語った。ナポレオンが大敗北を喫したロシア遠征からの退却の際に起こった出来事である。

一八一二年のロシア遠征の時、私はうっかりして恐ろしく不幸な出来事の原因になったことがある。

従軍するのは二度目のことで、まだ若かったし、一砲兵中尉にすぎなかったので、私は危険を好み、何でも笑いとばすというふうだった。われわれがベレジナ河に着いたとき、皆さんもご存知のように、軍はもはや軍隊の体《てい》をなしておらず、規律もなければ、軍隊的服従というものもなくなっていた。様々な国籍の人々からなる烏合《うごう》の衆でしかなく、本能にみちびかれて北から南へと歩いているだけだった。ぼろぼろの軍服を着た裸足《はだし》の将軍が兵士たちが集まっているところにやってきても、薪も食糧も持っていないときには何の遠慮もなく兵士たちに追いはらわれた。

この有名な河をわたった後も、あいかわらず軍の混乱はひどいものだった。私はたった一人でゼンビンの沼地を抜け、食糧もないというのにさほど気にもかけず、どこか私を受け入れてくれる家はないものかとさがして歩いた。適当な家が見つからなかったり、見つけた家から何度か追いはらわれたりしたすえに、夕方になろうとする頃、幸いにしてポーランド[1]の粗末で小さな農家を見つけた。この農家がどんな様子かは、低ノルマンディー地方の木造農家かボース地方のいちばん貧しい小作農家を見たこと

✻1　ベレジナ河をわたると、ポーランド領になる。

がない人にはとうてい想像がつかないだろう。こうした家には部屋が一つしかなく、端のほうが板でしきられていて、小さいほうの空間が秣《まぐさ》置き場になっている。夕闇の中でも、この家から立ちのぼる弱い煙が遠くから見えた。それまでに声をかけた仲間たちよりは親切な仲間がいるかもしれないと思って、私は勇気をふるいおこしてその農家まで歩いた。

中に入ってみると、食事の用意がととのったテーブルが目に入った。何人かの将校たちがジャガイモ、炭で焼いた馬肉、凍った甜菜《てんさい》を食べていて、女性も一人まじっていたが、これは軍ではよくあることだった。会食者たちの中に、私が最初に勤務した連隊の砲兵大尉が二、三人いるのに気づいた。

私は歓声に迎えられたが、これがベレジナ河をわたる前だったら、私もずいぶんとびっくりしたことだろう。けれども、今は前ほど寒くはなく、仲間たちは休息をとり、室内は暖かく、藁束におおわれた部屋が至福の夜を約束していた。この時のわれわれの望みはごく慎ましいものだった。仲間たちは無償の博愛主義者になり得たわけで、これがいちばん普通の博愛主義のあり方だ。

私は秣束の上に座って食べ始めた。テーブルの端、藁や秣置き場になっている小さな部屋のドアがある側の端に、私が以前つかえた大佐がいた。私もずいぶんたくさんの人間を見てきたが、この大佐は、その中でももっとも傑出した人物の一人だった。彼はイタリア人だった。南の国々では、自然が美しいときには、それはいつでも崇高な感じがするものだ。色白のイタリア人はイタリア人特有の不思議な白さを持っているということに皆さんが気づいたことがあるかどうか、私にはわからない……。それは、とくに光を受けたときにすばらしい。シャルル・ノディエ[2]がウーデ大佐を描写した幻想的な肖像を読んだとき、私はノディエの優雅な文章の一つ一つに私自身が経験した感覚を見出したものだ。

連隊で指揮を執っていた大部分の将校も、私の大佐と同様にイタリア人だったが、それというのも、もともと連隊自体がナポレオン皇帝がウージェーヌ[3]の軍隊から借りてきたものだったからだ。大佐は背が高かった。身長が一八五センチ前後あり、すばらしく均整がとれていた。少し太りぎみかもしれないが、驚くべき力強さがあり、敏捷《びんしょう》で、グレーハウンド犬のようにしなやかだった。髪は黒く、豊かな巻き毛になっていた。その髪が、肌の白さを女の肌のように際立《きわだ》たせていた。小さな手、きれいな足、

✤2　バルザックより少し上の世代のフランス人作家。ロマン主義文学の進展に大きく寄与したと言われている。

✤3　ナポレオンの前妻ジョゼフィーヌは再婚であり、ウージェーヌは前の結婚で出来た子供。ジョゼフィーヌと離婚した後も、ナポレオンはかつての義理の息子を側近として重用しつづけ、当時はイタリア副王を務めていた。イタリア国王はナポレオンが兼務した。

優雅な口、鷲鼻だが鼻梁《びりょう》線は細かった。怒ると、鼻の先が自然にとんがり、白くなったが、そういうことはしょっちゅうあった。大佐がどれほど怒りっぽかったかは、皆さんの想像をはるかにこえているので、これについては今はあえて何も言わないでおく。いずれ、皆さんもおわかりになるだろうし。

　大佐のそばではだれも平静ではいられなかった。彼を怖がっていないのは、たぶん、私ぐらいなものだったろう。実際、彼は私をとてもかわいがってくれ、私がするすべてのことをよしとしてくれた。

　怒りにかられると、大佐の額はぴくぴくと痙攣《けいれん》し、額の真ん中に筋肉がデルタ型を描き出した。あるいは、レッドゴーントレット[4]の馬の蹄鉄型、と言ったほうがいいかもしれない。彼の青い目の磁気をおびた輝きよりも、この印のほうが皆様にはずっと怖かったでしょう。こういう時には、彼の全身が震え、普段でもすでに強大な力がほとんど際限もなくなるのだった。彼は喉にかかった言い方をした。少なくともシャルル・ノディエのウーデ大佐と同じくらい大きな彼の声は、母音や子音に信じがたい豊かな響きを持たせたが、それに喉にかかった声がかぶさるのだった。この発声法の誤りが時には優雅に感じられることもあったが、作戦を指揮しているときや気持ちが

✤4 ウォルター・スコットの同題の小説の主人公。

高ぶっているときには、パリではごくありふれたこうした言い方がどれほど力強いものになったか、皆様にはとうてい想像できないだろう。一度聞いてみないことには。冷静なときには大佐の目は天使のようにやさしく、きりりとした額は魅力にみちていた。パレードでは、イタリア軍のだれも彼に太刀打《たち》ちできなかった。なにしろドルセーでさえ、あの美男、男丈夫のドルセーでさえ、ロシア領内に入る前にナポレオンが行なった最後の閲兵式で我らが大佐に打ち負かされたのだから。

この特権的な人物にあっては、すべてが対比的だった。情熱はコントラストによって生み出される。だから、彼が女性たちに対してあの抵抗不可能な影響力を発揮したかどうかについては聞かないでほしい。あの種の影響力に対しては、あなた方は（と言いながら将軍はカディニャン大公夫人を見た）管で吹かれてできあがるガラス製品のようになされるがままになる。とはいっても、観察眼に恵まれた人なら、運命のいたずらによって大佐がほとんどいい思いをしたことがない、あるいは、そういうことに関心がない、という事実に気づいたことだろう。

彼がどれほど激烈な人物であったかをおわかりいただくために、怒りの頂点に達したときに彼が行なったことを、私が見たままに手短にお話ししよう。

われわれが非常に細い道を大砲を引いて登っていたときのことだ。その道の片側はかなり高い土手になっていて、もう一方は森だった。道の中ほどにさしかかったとき、われわれは別の砲兵連隊と鉢合わせをした。その砲兵連隊の大佐が先頭を歩いていた。この大佐は、われわれの連隊の先頭にたっていた大尉を後ろに下がらせようとした。砲兵中隊をひきいていた大尉は、当然ながら拒否した。すると、大佐は自分の連隊の先頭にいた砲兵中隊に前進するように合図した。大砲を引いていた兵士は森側に寄るように注意していたのだったが、大砲の車輪がわれわれの大尉の右足を巻き込み、足を折り、引いていた馬の反対側に大尉を押し倒した。それは一瞬の出来事だった。

少し離れたところにいたわれわれの大佐は、争いが起こったことを察知し、全速力で馬をとばして駆けつけてきた。大砲も森も気にかけず、馬ごとひっくり返ろうとかまわない、といったふうだった。われわれの大佐がもう一人の大佐と真っ正面のところにやって来たのは、われわれの大尉が倒れながら「助けてくれ！」と叫んだときだった。

まったくのところ、我らがイタリア人大佐はもはや人間ではなかった！　シャンパンの泡のようなものが口から吹き出し、ライオンのように吠えたてていた。一言も発することができず、叫び声一つあげることができない状態にあった我らが大佐は、相手の大佐に森を指し示し、サーベルを抜き放ちながら恐るべき合図を送った。二人の大佐は森に入っていった。たちまちのうちに我らが大佐の敵が頭を真っ二つに割られて地面に倒れ落ちるのをわれわれは見た。相手の連隊の兵士たちは後退した。それもまあ、なんという慌《あわ》てぶりで！

殺されかけたあの大尉は大砲の車輪によって投げ出された泥の中でわめきたてていた。大尉にはメッシーナ出身のうっとりするほど魅惑的なイタリア人の妻がいて、我らが大佐と親密な関係にあった。実は、こうした事情が大佐の怒りをより大きなものにしたのだった。というのも、大佐には奇妙な律儀さがあり、愛人を保護しなければならないのはもちろんだが、同じくその夫をも保護しなければならない、という義務感を持っていたからだ。ゼンビン沼地を出たところで私が大歓迎を受けたあの小屋では、大尉は私の正面にいたが、妻のほうはテーブルの向こうの端で大佐と向かい合って座っていた。

このメッシーナ女は、ロジーナという名前の小柄な女性だった。髪は濃い褐色だったが、切れ長の黒い目にはシシリー島の強烈な太陽の輝きを秘めていた。この頃は、彼女は気の毒なほどやせこけていた。街道沿いで風雨にさらされた果物のように頬が土埃で汚れていた。なんとかぼろをまとい、行進で疲れ、髪は乱れて帽子代わりのショールの下でひとかたまりになって張りついていた。それでもなお彼女には、いかにも女性らしいあだっぽさがあった。まず、挙措《きょそ》、立ち居振る舞いがきれいだった。バラ色の愛らしい唇、白い歯、顔形、上半身は、数々の困難や寒さによってダメージを受けていたし、身繕《みづくろ》いもおろそかになっていたが、魅力を完全には失っておらず、女性

のことを考える余裕がある者にはなお愛を語りかけていた。それに、ロジーナは一見したところは弱々しそうに見えるけれども、活力と力強さを内に秘めた女性たちの一人だった。

夫のほうはどういう人物かというと、ピエモンテ地方の貴族で、もしこの二つの言葉を結びつけることをお許しいただけるなら、冷やかし好きで善良そうな顔立ちをしていた。勇敢で教養があり、約三年前から続いている妻と大佐の関係を気にかけているふうには見えなかった。この無頓着さはイタリアの風俗のせいか、何か夫婦間の秘密のためなのだろうと私は思っていた。それはともかく、この男の風貌には、なにとはなしにいつも私に警戒心をいだかせるところがあった。下唇が薄くてよく動き、両端が上がるのではなく下がっていたが、それは、一見冷静で怠惰そうな性格の中に残酷さが秘められている兆候のように私には思われた。

皆様にも想像がつくことだろうが、私があの粗末な農家に着いたとき、話はあまりはずんではいなかった。兵士たちは疲れていて、だまって食事をしていた。もちろん、私はいくつか質問された。そして私たちはお互いの不幸を語り合いながら、このロシア遠征のこと、将軍連中のこと、彼らが犯した過《あやま》ち、ロシア、寒さなどについて意見を述べ合いはした。

私が着いてすこしたった頃、粗末な食事を終えた大佐は口髭をぬぐい、われわれに

お休みなさいを言い、イタリア女に黒い視線を投げかけ、「ロジーナ?」と言った。それから、返事もまたずに秣置き用の小部屋に寝に行った。

大佐の呼びかけの意味は明らかだった。それで、若い女は何とも言いがたい動作を思わずしてしまったが、それは、大佐のものであることをいかなる人間的敬意もはらわずにおおっぴらにされたことからくる居心地の悪さ、そして、女の尊厳に対して、ないしは、夫に対してなされた侮辱からくる居心地の悪さを同時に表わしていた。彼女の表情は引きつり、激しく眉根を寄せてはいたが、そこにはある種のあきらめの気持ちが感じられた。彼女は、おそらくは自分の運命を予感していたのだろう。

ロジーナはしばらくの間、静かにテーブルについていた。

少し後、大佐が藁か秣の寝床の中に入ったらしいとき、大佐はもう一度「ロジーナ?……」と繰り返した。

この二度目の呼びかけは、最初の時よりもさらに調子がぶっきらぼうだった。大佐の喉にかかった声、イタリア語が表現できる母音の数が、この男の支配力、苛立ち、意思をあますところなく物語っていた。

ロジーナは一瞬青ざめたが、立ち上がり、われわれの後ろを通って大佐のところに行った。

私の仲間たちは全員じっと黙りこんでいた。ところが、不幸にして、私はみんなを

眺めわたした後に笑い出してしまった。そして、私が笑ったのにつられて、みんなが次々に笑い出した。

「おまえ、笑ったな?」とロジーナの夫が言った。

「いや、君」と私は真面目な気持ちに立ち返って答えた。「本当に悪かった。どうか許してくれ。謝罪だけでは足りないというのなら、僕はどんな償《つぐな》いにも応じる用意がある……」

「悪いのは君じゃない。おれだ!」と彼は冷静に引き取った。

そのまま、われわれは小屋の中に横になり、みな深い眠りに落ちた。

翌朝、それぞれが、隣の者を起こしもせず、道連れを求めもせず、自分の思うがままに道を歩き始めた。みな、ある種のエゴイスムに取りつかれていたが、このためにこそ、われわれの潰走劇《かいそう》は天地開闢《かいびゃく》以来もっとも恐ろしい、悲しくも残酷な人間ドラマの一つとなったのだった。

それでも、一夜の宿から七、八百歩はなれたあたりで、われわれはほとんど全員がいっしょになり、一人の子供の絶対的専制によって引き立てられるガチョウの群れのようにぞろぞろといっしょに歩いた。われわれは同じ運命にみちびかれていた。

われわれが一夜を過ごした農家をなお臨《のぞ》むことができる小高い丘に着いたとき、砂漠のライオンの吠え声か雄牛のうなり声に似た叫び声がわれわれの耳に届いた。いいや、その叫び声は何かに喩《たと》えられるものではまったくなかった。しかし、この恐ろしくも不吉な叫喚《きょうかん》には、女性の弱々しい叫び声がまじっているようにわれわれには思われた。われわれは何かわからない恐怖心にとらわれて、全員が振り向いた。われわれが見たのは、もはや家ではなく、巨大な焚火《たきび》だった。外側から封鎖された建物は、すっかり炎に包まれていた。風によって運ばれた煙の渦が、しゃがれた声音と何かわからない強烈な臭気をわれわれのところまでもたらした。

われわれの集団から少しはなれたところを大尉が歩いていた。大尉は何事もなかった様子でわれわれの隊列に合流しようとしていた。

われわれはみな黙って彼を見まもった。というのも、だれも彼に訊《たず》ねる勇気がなかったからだ。しかし、彼のほうがわれわれの好奇心を感じ取り、右手の人差し指で自分の胸を指し、左手の人差し指で火事を指し示しながら、「おれだよ!」と言った。

われわれは、彼に一言の言葉もかけることなく、行進をつづけた。

✿訳者後注

この物語の冒頭部《一八一二年のロシア遠征の時、私はうっかりして恐ろしく不幸な出来事の原因になったことがある》の次にはモンリヴォー将軍がビアンション医師に対して語りかける数行の文がつづくが、本文中ではこの部分をあえて訳出しなかった。物語の展開上、そのほうがいいと思ったからである。以下に、省略した部分の訳文を掲げる。

《(その恐ろしく不幸な出来事は)「ビアンションさん」と私を見ながら彼は言った。「人体にかかわるお仕事をなさりながらも人間の精神にも大いに関心をお持ちのあなたにとって、意思に関するいくつかの問題を解明するのに役立つかもしれない。》

なお、このビアンション医師(オラース・ビアンション)は、「リストメール侯爵夫人」で語り手を務めた医師と同一人物。バルザックの小説では、このように同じ人物が別の物語に登場することがよくある。これはバルザックの創作手法の一つで、作品を相互に関連させて独自のバルザック的世界を構築しようという壮大な意図があった。

La Maîtresse de notre colonel

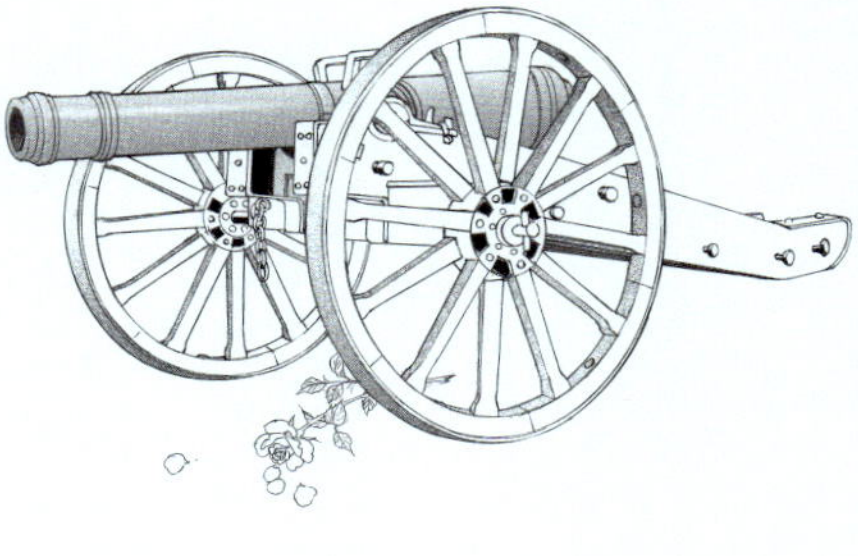

ジュリエット

ジュリエット

原題は「ことづけ」 *Le Message* 1832年

この物語が書かれたのは一八三二年だが（物語の舞台設定は一八一九年）、当時は馬車で旅行するのが普通だった。飛行機はもちろんなかったし、自動車もまだなく、鉄道建設はやっと始まったばかりだった。個人所有の二輪馬車や四輪馬車で旅行する人もいたが、当時の馬車は今の自動車とは比べものにならないほど高価な贅沢品だったから、自家用馬車を持っている人は少なかった。今の汽車・電車・長距離バスに相当するのは乗合馬車だった。われわれが普通に思い浮かべるバスよりもずっと小さく、マイクロバス程度であった。乗合馬車には屋上席もあり、屋根の上に座席が付いていた。料金は車内席よりも安かった。見晴らしは抜群だし、風を受けて旅をするのも気持ちがいいので、屋上席を好む人も少なくなかった。

もう一つ、あらかじめ頭に入れておいていただきたいのは、当時の貴族の結婚のあり方である。

フランス革命前は、貴族の結婚は家名と財産が釣り合った家と家との結婚で、当人同士の愛情など初めから問題にならなかった。子供ができて家名の存続が確保されれば、それで結婚の目的は達成されたことになるので、後は、夫にとっても妻にとっても、自分好みの本当に好きな人は外で探すというのが普通だった。ただし、ルールというものはあり、事件を起こしたりスキャンダルになったりしてはいけなかった。家名に傷がつくからである。こうしたルールの範囲内であれば、貴族の奥方にも外でかなり自由に恋愛することが許容されていた。これは「風紀の乱れ」というものではなく、むしろ「愛情重視」とみなされるべきことである。「夫は夫、妻は妻」というのが貴族社会の考え方で、夫婦が過度に仲睦まじい場合は「育ちが悪い」とかえって評判が悪くなるほどだった。婚外カップルの中には何十年と連れ添う例もあり、この場合は「純愛カップル」として評判が上がった。夫が妻に嫉妬したりすると、物笑いの種になった。フランス革命とナポレオン時代をへた後は、夫婦間の情愛が推奨ないしは強制されるようになり、貴族の結婚も現在の普通の結婚に少しずつ近づいてゆくのであるが、十九世紀前半はまだ革命前の貴族社会の雰囲気が色濃く残っていた。

森の近くで蛇に出くわした二人の子供が思わず抱き合うように、話を聞いた若い恋人たちが恐怖にとらわれてお互いの胸に避難するような、単純で真実味のある話をしたい、と私はずうっと思ってきた。物語の興味を減じるかもしれないし、自惚れ屋と思われるかもしれないと危惧しつつ、まずはじめに物語の目的を皆様にお伝えした。べつにとりわけの話というほどでもないこの物語の中で、私は一つの役割を演じた。もし物語が皆様の興味を引くことがなかったら、それは私の力量不足のためでもあるし、物語の真実性のためでもある。真実の物語というのは、多くの場合、とても退屈なものだ。だから、真実の中から詩的になりうるものを選ぶことに語り手の才能の半分がかかっている。

一八一九年に、私はパリからムラン[1]まで旅行した。お金がなかったので、乗合馬車の屋上席に乗らざるを得なかった。皆様もご存知のように、イギリス人は大気にさらされたこの屋上席を最良とみなしている。馬車が走り始めて十キロほどの間に、私は隣国の人々の意見はもっともだと思うたくさんの理由を見つけた。

私より少し金持ちそうな若者が屋上席に興味を引かれて上がってきて私の隣に座った。話しかけると、私の意見を悪気《わるぎ》のない微笑みで受けとめてくれた。われわれはほ

✻1 パリの南方、約二百八十キロのところにある都市。アリエ県の県庁所在地。

ぼ同年齢だったし、意見も合い、二人とも外の景色が好きだった。重い馬車が進むにつれて次々に繰り広げられる景色の美しさにわれわれは魅了された。こうして、うまくは説明できないのだが、何かわからない磁力的な力で引かれ合い、やがてわれわれの間に一時的な親密さが生まれた。こうした関係はすぐに終わるはずのもので、将来に何ら関わりをもつものではないから、旅行者はそれだけいっそう気軽に身をゆだねるものだ。

まだ百二十キロと進まないうちに、われわれは女性と愛について語り合うようになっていた。こうした場合は注意して言葉を選ばなければならないが、自然のなりゆきで、お互いの恋人のことが話題になった。まだ若かったので、われわれは二人とも「ある程度の年齢の女性」、つまり三十五歳から四十歳の女性に夢中になる年頃だった。

モンタルジの宿駅からどこの宿駅までだったかもう覚えていないが、この間にわれわれが話したことを詩人が傍《かたわ》らにいて聞いていたなら、その詩人は燃えるような表現、うっとりとするような女性の肖像、甘美な打ち明け話の数々を収集したことだろう！われわれは、はにかんだり気後《きおく》れを感じたり、静かな間投詞をまじえたり、相手を見ながらつい赤面してしまったりしたが、そこには、それなりの雄弁さがあった。もう今では、そうした無垢《むく》な魅力は私からすっかり失われてしまったけれども。たぶん、青春を理解するには若いままでいなければならないのだろう。

こうしてわれわれは、情熱とは本質的にどのようなものかについて、すべての点で完全に理解し合った。まず最初にわれわれは、この世に出生証明書ほど馬鹿げたものはないということを、事実として、かつ、原則として打ち立てることから始めた。四十歳の女性が二十歳の女性よりも若々しいこともよくあり、結局のところ、そう見える年齢が女性の本当の年齢なのだ、ということを原則としたのである。

こうした立場にたてば愛に年齢制限はなくなってしまうのだから、われわれは果てしのない大海の中を無邪気に泳ぎ回るがごとくに話をすすめることができた。そして、お互いの恋人を若返らせ、魅力的で献身的、伯爵夫人で趣味がよく、才気があって繊細だとした後で、さらには、恋人はきれいな足をし、つやつやした肌でほのかに香水の香りをただよわせているとした後で、彼のほうは「某夫人」は三十八歳だと告白し、一方私は四十歳の女性に夢中になっていると告白したのであった。

こうしてある種の漠然とした危惧からお互いに解放されたために、打ち明け話はさらにもりあがり、自分たちは愛においては同じ仲間なのだと感じるにいたった。それからは、二人のうちどちらがより愛情深いかを競い合うような具合になった。一方が恋人に一時間逢うために八百キロも旅をしたと言えば、他方は夜の逢い引きのために庭園でオオカミと間違えられて射殺される危険を冒したと言うのであった。ほかに、ありとあらゆる狂気の沙汰を！

過去の危険を想起することに喜びがあるとすれば、過ぎ去った喜びを思い起こすことにも多くの至福があるのではないだろうか。それは、二度享受することなのだから。危うかった場面、大小の幸せな出来事など、われわれはすべてを語り合った。冗談までも。我が友の伯爵夫人は彼を喜ばせるために葉巻をふかした、私の伯爵夫人は手ずから私にココアをいれてくれたし、私に手紙を書くか逢うかすることなしには一日たりとも過ごしはしなかった、とか。彼の伯爵夫人は身の破滅となる危険を冒して彼の家に三日間泊まりに来た、私の伯爵夫人はもっとすごい（もっとひどい、と言ってもいいが）危険を私のために冒してくれた、とか。

夫たちはわれわれの伯爵夫人を熱愛していた。夫たちは、愛すべきすべての女性が持つ魅惑の下で奴隷として暮らしていた。条例や政令以上に間が抜けている夫たちは、われわれの幸福感を増大させるのにちょうど必要なだけの危険な状況をつくりだしてくれた。われわれの言葉と甘美な笑い声を、風はなんとたちまちのうちに運び去ってしまったことだったろう！

プイイに着いたとき、私は新しい友の人となりを念入りに観察した。彼は非常に真剣に愛されているにちがいない、ということは簡単に見て取れた。中肉中背だが非常に均整のとれた体つきをし、感じのいい顔立ちで表情豊かな若者を想像していただきたい。髪は黒く、瞳はブルーだった。唇はバラ色がかっていた。歯は白く、歯並びがよかった。顔色の優雅な青白さが繊細な容貌をさらに引き立てていた。病気から治ったばかりでもあるかのように、目のまわりにそれとわかるくらいの薄い隈《くま》があった。それに加えて、手が白くて形がよく、美しい女性の手がそうあるべきであるようによく手入れされていたということ、かなり教養豊かで才気があったということがおわかりいただければ、私の道連れが伯爵夫人にいかにもふさわしい人間だったという私の意見に、皆様も容易に同意してくださることだろう。そして、彼を夫にしたいと願う若い女性も少なからずいたことだろう。というのも、彼は子爵であり、しかも、今後期待できる遺産は別にしても、一万二千から一万五千リーヴル[2]の年金があったからである。

プイイを出て四キロほどのところで事故が起こり、乗合馬車がひっくり返った。私は座席にしがみつき、馬車の動きに身を任せたのだが、私の道連れは、不幸にして、鋤《す》き起こされたばかりの畑の端に飛び出すほうが安全だと判断した。彼は飛び方をまちがえたか、滑ったかした。事故がどのようにして起こったのかはわからないが、彼は

✽2 現在の日本円にして一リーヴルは千円くらい。フランスの貨幣単位は、制度的には、フランス革命期に「リーヴル」から「フラン」に切り替わっていたが、バルザックの時代には古い呼称がまだ通用していた。「リーヴル」と「フラン」は同価値と考えてよい。

倒れてきた馬車の下敷きになった。

　われわれは彼をとある農家に運び込んだ。恐ろしい苦痛にたえかねて呻《うめ》き声をもらしつつも、彼にはなお私に一つの使命を託す余力があった。死にゆく者の最後の願いがこめられた、神聖な使命である。死の淵にありながらも、可哀相に私の道連れは、彼の年齢ではそういう純真さにとらわれるのもありがちなことだが、恋人が新聞で突然自分の死を知った場合にどれほど苦しむだろうかという思いに悩まされていた。彼は私に、自分の死を恋人に知らせに行ってくれるように頼むのであった。それから、胸にかけているリボンについている鍵を私に探させた。私は肉になかば食い込んでいる鍵を探しあてた。鍵によってできた傷からできるだけそっと鍵を引き抜いたとき、死にゆく友は少しの苦痛の声ももらさなかった。

　ラ・シャリテ－シュル－ロワールにある彼の家に恋人の手紙を取りに行って、それを恋人に返してくれるように私に懇願《こんがん》したのだが、そうするのに必要なすべての指示を私にし終えようと言いかけた途中で、話す力を失った。けれども、最後に見せた体の動きから、私が使命を果たすさいに鍵が彼の母親に対して保証になる、ということを私は理解した。私が必ず使命を果たすことを少しも疑っていなかったので、一言のお礼の言葉も発することができないのを残念がっていた。すがりつくような目で一瞬

私を見つめ、睫《まつげ》の動きで私に別れをつげると、彼はがくりと頭を傾け、死んだ。馬車の転覆というこの忌《い》むべき事故で死亡したのは、彼一人だけだった。「あの人にもちょっとは過失があったわけでして」と御者は私に言った。

シャリテで、私は気の毒な道連れが口頭で託した遺言の執行にとりかかった。母親は不在だった。これは私にとって一種の幸運と言ってよかったが、年老いた家政婦の嘆きには直面しなければならなかった。私が若主人の死をつげたとき、家政婦はよろめき、まだ血の跡が残る鍵を目にして半分死んだようになって椅子にくずおれた。しかし、私はもっと大きな嘆きにすっかり気をとられていた。運命によって、生涯最後の愛から引き離された女性の嘆きである。そこで私は、年老いた家政婦が悲しみに身をゆだねるがままにまかせ、たった一日のうちに忘れがたい友となった道連れが念入りに封印した貴重な手紙の束を持って、その場をはなれた。

伯爵夫人が住む城はムランから三十キロ以上はなれたところにあり、しかも、城にたどり着くには道路も整備されていないような土地を十キロほども行かなければならなかった。託されたメッセージを伝えるという使命を果たすのは、私にとってかなり難しいことだった。説明するまでもない様々な事情が重なって、私にはムランまで行くのに必要な旅費しかなかったのである。けれども、青年特有の多感さにとりつかれていた私は、徒歩で道のりをこなし、新聞が伝える悪いニュースよりも先に着くようにしようと心に決めた。悪い知らせというのは早く広がるものだ。

私は地元の人にいちばんの近道をたずね、いわば死者を肩に背負いつつ、ブルボネー地方の細道を進んだ。

モンペルサンの城に近づくにつれ、私は、とりかかった巡礼行が少しずつ恐ろしくなってきた。というのも、いろいろな情景が我ともなく脳裏に思い浮かんできたからである。私は、モンペルサン伯爵夫人、文学的な詩情にしたがった言い方をするなら、若き旅人にあれほど愛されていたジュリエット[3]と、どのような状況で会うことになるか、ありとあらゆる場面を想像してみた。どんな質問がなされるかを想定し、それに対する気のきいた答えを考えてみたりした。森を迂回《うかい》するたびごとに、へこんだ道を通るたびごとに、角灯に対してソージー[4]が戦闘の模様を報告する場面さながらに、何度も想定問答の練習をした。今にして思えば我ながら非常に恥ずかしいことだが、私は最初は、自分がどんな態度をとったらいいか、どんな才気を、どんな巧みさを発揮してみせようか、ということしか考えていなかった。しかし、その土地に足を踏み入れたとき、ある不吉な想念が雷の閃光《せんこう》のように私の心をよぎり、それが灰色の雲のよ

✤3　伯爵夫人の名前だが、シェイクスピアの『ロミオとジュリエット』の物語が示唆されている。

✤4　モリエールの劇に登場する、間の抜けた下僕。

うなヴェールの中を走り、ヴェールを引き裂いた。今この時にも若い恋人のことで心がいっぱいの女性にとって、なんという恐ろしい知らせではないだろうか！　その女性は、恋人をさしさわりのない形で家に呼ぶために数々の苦労を重ね、かけがえのない喜びを刻一刻と待ち受けているのである。一方、死を伝える使者となった私には、残酷な使命にはちがいないが、慈悲の心というものがあった。そこで私は歩を早め、埃まみれ泥だらけになりながら、ブルボネー地方の道を急いだ。

やがて私は、栗の並木にはさまれた広い道に出た。その道の奥に、モンペルサンの城館が、空に浮かぶ褐色の雲のかたまりのように、幻想的な輪郭ながらもくっきりと見えた。

城門に着いてみると、門はすっかり開け放たれていた。想定していた状況とはちがっていたので、予定がくるってしまったが、それでも私は勇を鼓して中に入った。すぐに二匹の犬が飛び出してきて、いかにも田舎の犬らしく吠えたてた。これを聞きつけて、太った女性の召使いが駆けつけてきた。伯爵夫人とお話ししたいのですがと言うと、その召使いは、城館を取り囲むイギリス式庭園の木立のほうを手で指し示し、「奥様はあちらのほうにいらっしゃいます……」と答えた。

「ありがとう」と私は皮肉をまじえて言った。というのも、「あちらのほう」というのでは、庭園の中を二時間もさ迷い歩くことになりそうだったからである。

こうしている間に、可愛い女の子が現われた。巻き毛を垂らし、白い服にピンクのベルトを締め、襞《ひだ》のついた短マントを着たその女の子は、私と召使いとのやりとりを聞いていたにちがいなかった。確かめるように私を見ると、女の子はとても可愛らしい声で「お母様、男の方が何かご用があるそうよ」と叫びながら姿を消した。

私はすぐに女の子の後を追い始めた。庭園の通路を白い短マントが跳《と》んだり跳《は》ねたりし、それが鬼火のように、女の子がたどる道筋を私に示してくれるのであった。

すべてを正直に話そう。通路の最後の茂みのところで、私は襟カラーを立て直し、よれよれの帽子とズボンに上着の袖の折り返しを使ってブラシがけをし、服は袖で、二本の袖は袖同士でブラシがけという具合にこすり合わせた。それから、襟の羅紗地の折り返しを見せるために、上着のボタンをいちばん上まできっちりとかけた。折り返しはいつでもほかの部分よりは少し新しさをたもっているものだ。そして最後の仕上げに、ズボンの折り返しを下げ、ブーツが見えないようにした。草むらにこすられて、ブーツはとんでもなくひどい状態になっていた。こうして、ガスコーニュ人流儀[5]の間に合わせではあるが、ひととおりは身嗜《みだしな》みを整えたので、郡庁の巡回役人に間違えられることはないだろうと私は思った。今日《こんにち》、若気の至りとしか言えないこの時のことを思い返してみると、我ながら笑ってしまう。

　ちょうど私が身嗜みを整えていたその時、湾曲した緑の道の一角、熱い太陽光線に照らされた様々な花の間に、突然、私はジュリエットとその夫の姿を認めた。可愛らしい女の子が母親の手を取っており、子供の曖昧な言葉を聞いて伯爵夫人が急いでやってきたことは簡単に見て取れた。かなりぎこちない態度で挨拶する見知らぬ男を見て驚き、彼女は立ち止まった。私に見せた、冷淡さをまじえた礼儀正しい態度、唇をとがらせて不満を表わしてはいるが愛すべき表情は、期待がすっかり裏切られたこと

✻5　フランス南西部、スペインに接するガスコーニュ地方の男たちは武骨で荒っぽいところがあるとされている。

を示していた。

私は、あれほど入念に準備してきたすばらしい言い回しのどれかを言おうと思ったが、できなかった。こうして伯爵夫人と私がお互いにどうしていいかわからないでいる間に、夫がわれわれのところへやってきた。

実にさまざまな思いが次々に脳裏をよぎり、私は混乱した。なんとか体裁《ていさい》をとりつくろおうとしてあまり意味のない言葉を口にしてから、私は、目の前におられるのはたしかにモンペルサン伯爵御夫妻でしょうかとたずねた。

私は間抜けな振る舞いをしてしまったわけだが、それでも、突然静謐《せいひつ》な生活が乱されようとしている夫と妻の人となりを、一目で、かつ、私の年齢では珍しい洞察力でもって、判断し、分析することができた。

夫は、現在、地方のもっともすばらしい飾り物となっている貴族の典型であるように思われた。彼は厚底の大きな靴をはいていた。最初に靴に言及したのは、色褪せた黒い上着や擦《す》り切れたズボンや締まりの悪いネクタイや糊のきいていないワイシャツのカラー以上に、靴が私に強烈な印象を与えたからである。この人物には、少し司法官めいたところ、ずっとそれ以上に県会議員めいたところがあり、だれからも反対されない郡長の傲岸《ごうがん》さ、一八一六年以来[6]選挙のたびごとに落選を重ねている立候補者のとげとげしさがあった。田舎の人たちの良識と馬鹿馬鹿しさが信じがたいほどに混じり合っていた。気取ったところはないが、金持ちの尊大さがあった。妻にすっかり信服しているが自分が主人だと信じている、細々《こまごま》としたことにはいつでも異を唱えようとするが重要なことにはいっさい意をもちいない、伯爵はこういったふうの人物だった。顔はやつれ、皺々《しわしわ》で日焼けしていた。若干の長い灰色の髪があったが、それはぺったりと頭に張りついていた。

ところが、伯爵夫人ときたら！　夫の傍らにあって、夫人はなんというコントラストをなしていたことか！

夫人は、ほっそりとして優雅、小柄だがうっとりとするくらいすばらしい体型をしていた。愛らしくて、とても繊細なので、触れれば骨を折ってしまうのではないかと心配になるほどだった。彼女は白いモスリン地のドレスを着ていた。バラ色のリボンが付いたボンネット帽をかぶり、バラ色のベルトを締め、ショールが肩とこの上もなく美しい曲線をすっぽりとおおっていたが、その様子があまりにも魅力的なので、それを自分のものにしてみたいという抵抗しがたい欲求が心の奥底に生まれるのであった。黒い目は活き活きとして表情にとみ、体の動きがやさしく、きれいな足をしていた。かつて艶聞《えんぶん》で聞こえた経験豊かな老年の男でも、夫人を三十歳以上とは思わなかか

✤6　「王政復古の時代になってから」という意味であろう。

ったたろう。それほどに、彼女の額、顔の肌はつやつやとして若々しかった。

性格はどうかと言えば、ルヴェ[7]の小説を読んだことがある青年ならいつまでも記憶に新鮮に残るはずの女性の二つのタイプ、リニョル伯爵夫人とB…侯爵夫人の両方の系統を引いているように私には思われた。

私はたちまちのうちにこの夫婦のすべての秘密を看破し、すぐにベテラン大使にもふさわしい外交的決断をした。私がこんな機転をきかすことができたのは、そして、廷臣や社交界人の如才なさとはどのようなものかを理解したのは、私の人生においてこの時一度きりのことだろう。

この頃は私は無頓着、無邪気に生きていたが、その後は俗世間的な数々の闘いを強いられてきた。そのために、今では無償の行為といったものには縁遠くなっているし、礼儀作法と良識を基準にしてしか行動できなくなっている。礼儀作法や良識は、人の心を干からびさせる。

「伯爵様、内密にお話ししたいことがあるのですが」と私は数歩後ずさりしながら秘

✻7　フランスの作家、政治家（一七六〇―九七）。フランス革命期にはジロンド派（穏健革命派）の有力メンバーの一人であった。ここで問題になっているルヴェの小説は『フォーブラ騎士の恋愛遍歴』で、リニョル伯爵夫人はうぶな女性、B…侯爵夫人は経験豊かな熟女として登場する。

密めかした様子で言った。

　伯爵は私の後についてきた。ジュリエットはわれわれを二人きりにし、まったく気にするそぶりも見せずにはなれていった。それというのも、いつでも好きな時に夫から秘密を聞き出せると確信していたからである。

　私は伯爵に、旅の道連れの死を手短に語った。これを知って伯爵が見せた反応は、伯爵が青年にかなりの好感を持っていたということをはっきりと示していた。この発見に力を得て、私はわれわれ二人の対話において以下のように果敢に受け答えすることができた。

「妻は悲嘆にくれるでしょう」と彼は叫んだ。「妻にこの不幸な出来事を知らせるには、よくよくの用心、配慮をせねばなるまい」

「伯爵様、まず最初にあなた様にお話ししたことによって、私は義務は果たしました」と私は言った。「私は見知らぬ人から伯爵夫人様宛の使命を受けたのですが、これを果たす前にぜひともあなた様にお話ししておきたいと思いました。ですが、その不幸な道連れは私に一種の信託遺言をしたわけでして、その秘密は私が好き勝手にできるものではありません。あなた様は大変お心の寛《ひろ》い方だと彼からも聞いております。ですので、私が彼の最後の願いを果たすことに反対はなさりますまいと私は考えました。私には秘密を守る義務がありますが、それをどうするかは伯爵夫人様のご自由です」

自分に対する讃辞を聞いて、伯爵は非常に気持ちよさそうに頭を振った。かなりもってまわった言い回しで私をほめ、自由に行動することを許してくれた。私たちは夫人のところにもどった。ちょうどこの時、夕食をつげる鐘が鳴り、私は夕食を共にするよう招待された。

ジュリエットは、もどってきた私たちが深刻な様子でだまりこんでいたので、そっと私たちの様子をうかがった。夫がちょっとした無意味な口実をつくって私たちを二人きりにしようとしたのを見て驚いた夫人は、立ち止まり、女性たちにしかできない眼差しを私に投げかけた。彼女にとっては、私は天からでも落っこってきて家に転がりこんだ人間である。彼女の視線には、そういう見知らぬ人間を迎える一家の主婦に許されるだけの好奇心が含まれていた。彼女の目は、私の身なり、若さ、容貌から当然生じるはずの疑問を投げかけていた。たしかに、私の様子は実に奇妙なものだったろう！　そしてまた、彼女の視線には、ただ一人を除いては男などまったく無意味だという、だれからもちやほやされている女主人の侮蔑の念がこめられていた。さらには、意のままにならない気後れ、恐れ、愛あればこそ孤独も楽しかったというのに思いがけない客を迎えることになってうんざりした気持ちも、その目は物語っていた。

私はこの沈黙の雄弁さを理解し、憐憫《れんびん》と同情にみちた微笑みでこれに応えた。それから、少しの間、私は彼女をじっと見つめた。彼女は輝くばかりに美しかったが、静かな日の光を受けて、花々に縁取られた小道の中にあったので、余計に引き立って見えた。このすばらしい一幅の絵を見て、私はため息をこらえることができなかった。

「ああ！　奥様、私は非常につらい旅をしてここにやってまいりましたが、この旅は……あなたお一人のためになされたものです」

「まあ、あなた！」と彼女は言った。

「はい！」と私は言葉を継いだ。「私は、あなたをジュリエットと呼ぶ人の名代《みょうだい》でやってまいりました」。彼女は顔色を変えた。「あなたは今日は彼にお会いできません」

「病気なのですか？」と彼女は小さな声で言った。

「はい」と私は答えた。「ですが、お願いですから、気をお静めください。私は、あなたに関わりのある秘密事項をあなたに伝えるように彼からことづかっていますが、ご安心ください、私以上に慎み深く献身的な使者はおりません」

「何がございましたの？」

「もし、彼がもうあなたを愛していないとしたら？」

「そんなことはあり得ません！」と彼女は軽く微笑みながら叫んだが、その微笑みは率直《そっちょく》そのものだった。

それから急に身を震わせ、私に素早くもきつい視線を投げ、顔を赤くして言った。

「あの人は生きておりますの？」

ああ！　なんという恐ろしい言葉であったことか！　これを平静に受けとめるには、私はあまりにも若すぎた。何も答えることができず、呆然として不幸な女性を見つめた。

「あなた！　どうかお答えください！」と彼女は叫んだ。

「はい、奥様」

「それは本当ですの？　本当のことをおっしゃってください。大丈夫です、私は聞くことができます。さあ、おっしゃってください。どんなに苦しくても、不安な宙ぶらりんよりはましですから」

私は二粒の涙で答えた。夫人の言葉にともなう不思議な語調によって否応《いやおう》もなく流してしまった涙であった。

弱い叫び声を上げながら、彼女は木にもたれかかった。

「奥様、旦那様がこちらにいらっしゃいますよ！」と私は彼女に言った。

「私に夫などいるでしょうか？」

こう言って、彼女はその場から逃げるように立ち去り、姿を消した。

「さあさあ、夕食が冷えてしまいますよ」と伯爵が叫んだ。「いらっしゃいな、お若い方」

そこで、私は一家の主《あるじ》の後について行き、食堂に案内された。そこには、われわれがパリの食卓で馴染《なじ》んでいるのとまったく同じ贅をつくした料理が用意されていた。五人分の食器一式が並べられていた。夫妻の分、小さな娘の分、そして私の分。これは、亡き友の分になるはずだった。五番目は、この日招かれていたサン＝ドゥニの修道参事会員の分で、彼はひととおりのお祈りの言葉を唱えた後、「伯爵夫人は、いったいどこに行ったんです？」とたずねた。

「すぐに来ますよ」と、伯爵はわれわれにいそいそとポタージュを給仕した後で答えた。伯爵は自分の皿にポタージュをたっぷりと入れ、驚くべき早さでそれを平らげた。

「おお！　あなた」と参事会員は甥である伯爵に呼びかけた。「奥さんがいたなら、あなたももっと節度があったことでしょうな」

「パパはきっと具合を悪くするわ」と小さな娘がいたずらっぽい様子で言った。

こうして伯爵の健啖《けんたん》ぶりが話題になった後、伯爵は何かの脂身をいそいそと切り分けていたが、ちょうどその時、家政婦が食堂に入ってきて、言った。

「旦那様、奥様がどこにもいらっしゃいません！」

これを聞いて、私はすぐに立ち上がった。何か不吉な予感がしたのである。私の表情があまりにも心配そうだったため、老参事会員は私の後について庭に出てきた。伯爵は体裁ばかりにドアの敷居のところまで来ただけだった。

「おとどまりください！　おとどまりください！　何も心配はいりません」と伯爵は

叫んでいた。

　伯爵はそう言っただけで、われわれのところには来なかった。参事会員と家政婦と私の三人は、呼んだり聞き耳を立てたりしながら庭の小道や芝生を駆け回った。若い子爵の死をつげていただけに、それだけいっそう二人も心配そうだった。走りながら、私はあの不幸な出来事について二人に手短に話したが、家政婦が女主人に非常に強い愛着心をいだいていることに気づいた。というのも、彼女のほうが参事会員よりも私の不安の理由をずっとよく理解したからである。

　私たちは幾つかある池の畔《ほとり》にも行き、あらゆる箇所を探索したが、伯爵夫人の姿はもちろんのこと、彼女が通った痕跡すら見つけられなかった。しかし、塀に沿ってもどっていたとき、私はかすかな呻き声のようなものが聞こえる気がした。その押し殺したような声は物置小屋のようなところから聞こえてくるようだった。もしかしたらと思って、私はその小屋に入ってみた。私たちは、そこにジュリエットがいるのを見つけた。彼女は秣の中に身を埋めていたが、どうにもできない絶望にかられている様子がありありと見えた。それでも、なんとしてでも身を慎まねばならないという思いが強いため、恐ろしい叫び声がもれないように秣の中に頭を沈めこんでいた。それは、嗚咽《おえつ》であり、子供のような泣き方だったが、心にしみいるような、訴えかけるような泣き方だった。彼女にとっては、もはやこの世に何も存在しなくなったのである。

家政婦は女主人を抱き起こし、女主人は死にかけている動物のようにぐったりとして家政婦のなすがままになっていた。まだ若い家政婦は、「さあ、奥様、さあ……」と言うことしかできなかった。

老参事会員は「いったい、この子はどうしたんだ？　何かあったのかね？」と姪にたずねていた。

それから、私は家政婦といっしょにジュリエットを寝室に運んだ。私は家政婦に、伯爵夫人をよく見守るように、ほかのみなさんには伯爵夫人は頭が痛いのだと言うように、念を入れて言い聞かせた。そして、参事会員と私は食堂におりた。伯爵のそばをはなれてからしばらくたっていた。食堂の入口のところに来るまで私は伯爵のことはほとんど忘れていたのだが、その何事もなかったような様子に驚かされた。しかし、伯爵が満悦の様子で食卓についているのを見たとき、私の驚きはさらに増した。伯爵は、夕食をほとんどすっかり平らげてしまっていた。娘は、父親が伯爵夫人の言いつけにはっきりと背いたのを見て、大喜びしていた。なぜ伯爵が夫人の様子にこれほどまでに無関心でいられるのかという私の疑問は、参事会員と伯爵との間に突然起こった軽い言い争いによって解消された。伯爵は、病名は忘れてしまったが、何か重い病気のために医師たちから厳しいダイエットを命じられ、それに服していたのであった。けれども、回復期の病人にありがちなことだが、食い意地がはって、獣の食欲が人間

のあらゆる感受性を凌駕《りょうが》してしまった。一瞬のうちに、私は自然というものをその真実の中にとらえた。自然は、この上もなく恐るべき苦悩の中に喜劇味をまじえるという、まったく異なる二つの面において真実の姿をさらけだしていた。

もの悲しい夜だった。私は疲れていた。参事会員は、姪の涙のわけを知ろうとしてあらんかぎりの知恵を絞っていた。夫は、家政婦を通じて伯爵夫人が伝えてきた体調不良についての漠然とした説明に満足し、静かに消化活動に身をゆだねていた。家政婦が伝えたのは、女性には自然な不具合といったことらしかった。

私たちは全員、早く寝ることにした。従僕に案内されて寝所に行く途中、伯爵夫人の寝室の前を通りかかったとき、私は遠慮気味に夫人の様子をたずねた。夫人は私の声を聞き分け、中に入るように言い、私と話をしようとした。しかし、夫人は一言も発することができずに頭を垂れたので、私は退出した。

青年に特有の真率《しんそつ》さで心苛《さいな》む感情を分かち持ったばかりではあったが、私は強行軍による疲労に圧倒されてぐっすりと眠りこんだ。夜もかなり更けた頃、私ははっとして目を覚ました。ベッドを囲むカーテンが急に引かれ、鉄のカーテンレールと輪がこすれる音がしたのである。見ると、ベッドの足下《あしもと》に伯爵夫人が座っていた。ナイトテーブルの上に置かれたランプが夫人の顔を照らし出していた。

「ねえ、あなた、あれはやはり本当のことですの？」と彼女は私に言った。「あんな恐

ろしい衝撃を受けた後で、どうしてまだ生きていられるのか、わかりません。でも、今は、大分気が静まっています。私はすべてを知りたいのです」

〈なんという冷静さだ！〉と私は思った。顔色は恐ろしいほどに青ざめ、褐色の髪と対照をなしていた。喉から絞り出すようなかすれ声で語るのを聞き、苦しみのために顔つきがすっかり変わってしまっているのを見て、私は途方にくれてしまった。秋が木の葉を色づける、その最後の色合いさえも失った落ち葉のように、夫人はすっかり萎れきっていた。赤く腫れた目は、美しさを完全に失い、苦くて深い苦悩しか映し出していなかった。もしあなた方がこの時の夫人の姿を見たなら、かつて太陽がきらめいていた場所に灰色の雲を見た、とおっしゃったことだろう。

私は、彼女から恋人を奪い去った突然の出来事についてもう一度手短に話した。彼女にとってはつらすぎる幾つかの状況についてはあまり触れないようにした。私はまず、われわれの旅路の最初の行程について話した。あの時は、われわれの旅は二人の愛のことで持ち切りだった。夫人は少しも涙を流さず、頭を私の方にかしげ、むさぼるように私の言うことを聞いていた。その様子は、患者の病気の原因を突き止めようとする熱心な医者に似ていた。

夫人が苦悩に浸りきり、絶望初期の勢いのままに不幸の中に埋没しようとしているように私には思われた、ちょうどその時に、私は死にゆく道連れが最後まで気にかけていた心配事について語り、彼がどのようにして、そして、なぜ私にこのような重大なメッセージを託したのかを説明した。すると、魂のもっとも深奥からほとばしり出る暗い炎の影響で彼女の目が乾き、すでにかなり青ざめていた顔色がさらに青ざめた。

私はあずかった手紙を枕の下に忍ばせていたのだが、それを差し出すと彼女は反射的に受け取った。それから、激しく身を震わせ、うつろな声で私に言った――「私のほうは、彼の手紙を全部燃やしてしまいました！　形見の品は何も残っていないのです！　なんにも！　なんにも！」

彼女は手で強く額を打った。

「奥様」と私は言った。彼女はぴくりとして私を見つめた。私は言葉を継いだ――「私は彼の髪の毛を一房切り取りました。それが、これです」

そして私は、彼女が愛した人の最後の、けっして朽ち果てることのない形見を差し出した。ああ！　もしあなた方が、その時私の手に落ちた燃えるように熱い涙を私と同じように受けたなら、好意に対してすぐになされた感謝とはどういうものかを、身にしみてお知りになったことでしょう！

彼女は私の手を握りしめた。目は熱をおびて輝いていたが、そこには、恐ろしい苦悩に苛まれながらも、かすかな幸福感を感じているのが見て取れた――「ああ！　あなたはどなたかを愛していらっしゃるのですね！」と彼女は言った。「いつまでもお幸せていらっしてください。愛《いと》しい方をなくしたりなさらないでください！」

そう言い終える間もなく、彼女は宝物といっしょに逃げるように立ち去った。

翌朝、目が覚めたとき、見た夢とまぜこぜになっていたために、この真夜中の出来事が本当にあったこととは思われなかった。枕の下に忍ばせていた手紙の束がいくら探しても見つからなかったので、それでやっと、やはりあの悲しい場面は本当にあったことなのだと確認できた。

翌日はどんなことがあったのかを皆様にお話ししても、あまり意味がないだろう。私は、可哀相な旅の道連れがあれほど褒めそやしていたジュリエットとなお数時間かをいっしょに過ごした。ほんのちょっとした言葉の端々、仕草、動作、すべてがこの女性の気高い心、繊細な感情をあますところなく物語っていた。こうした美点が彼女を愛と献身の女性たちの一人にしていたが、こうした愛すべき女性はこの世に稀《まれ》にしか存在しない。

夕方、モンペルサン伯爵自身が私をムランまで馬車で送ってくれた。ムランに着いたとき、伯爵はきまり悪そうに私に言った──「あなたには私どもはすでに恩義を受けていて、その上に、あまり親しくもない方にこんなことをお願いするのは好意につけこむ不躾なことかもしれませんが、もしよろしければ、あなたはパリにいらっしゃるのですから、パリ、サンティエ街の……氏（名前は忘れてしまった）にお金を届け

てはいただけないでしょうか？　借りていたお金で、早急に返してほしいと言われているのですよ」

「喜んで」と私は言った。

そして、私は無邪気に二十五ルイ[8]の包みを受け取ったのであるが、この金がパリに帰る旅費になった。もちろん、私はモンペルサン氏の受取人とされている人物にきっちりと全額わたした。

パリに来てはじめて、しかも、指示された家に金を持って行った時になって、ジュリエットが私のためにしてくれた巧みな心遣いに気づいた。モンペルサン伯爵は、べつに金を借りていたわけではなかったのである。私に金を貸す、そのやり方、見れば簡単にわかったはずの私の貧しさにいっさい触れなかった、その慎み深さ、こうしたことは情のある女性の才覚を遺憾なく示してはいないだろうか！

だれかある女性にこの物語を語って聞かせ、その女性が怖がってあなたにすがりつき、「愛しいあなた、あなたは死んだりはしないわよね？」と言うことがあったとしたら、それはなんという至福の瞬間であろうか。

✻8　一ルイは二十リーヴル。二十五ルイは現在の日本円にして五十万円くらい。

✿訳者後注

この作品では、バルザックは距離の単位としてキロ（kilomètre）ではなく里（lieue）を使っているが、私はすべてメートル法に換算して訳した。

われわれ日本人が日々使っているメートル法は、フランス革命期にフランス人によって作られたものである。したがって、「メートル」とか「グラム」とか「リットル」とかはすべてフランス語である。メートル法は、地球の大きさを基準にして作られた、まさしく革命的ですこぶる合理的な度量衡制度であった。「なぜ、フランス革命期に新しい度量衡制度を創出する必要があったのか」「なぜ、地球の大きさを基準にしたのか」については、私は『物語フランス革命』（中公新書）の中で詳しく述べたので、関心がおありの方はそちらをご覧いただきたい。

さて、なぜメートル法に換算して訳したのか？

フランスでは、フランス革命期に、メートル法という新しい度量衡に制度的には切り替わったのであるが、新しい制度はすぐには社会に浸透せず、古い制度も併用されつづけた。これは、日本でも制度的にはメートル法が採用された後も尺貫法が長い間使用されつづけた事情と似ている。

この作品が書かれた一八三〇年代にもなお古い度量衡が通用していたのではあるが、いずれはすたれて全面的にメートル法に移行するのだし、もともとメートル法はフランス人が作ったものだ、それになによりメートル法で表記する方が読者にわかりやすい、ということで私はすべてメートル法に換算して訳すほうがいいと判断した。

ただ、正確に換算できない場合もあった。「一里＝約四キロ」なので、「三里」ならば「十二キロ」とすればいいわけだが、「数里」となると難しい。こうした場合は、その場その場の状況から距離を類推し「十キロほど」などと訳した。したがって、バルザックが想定した距離と若干の誤差が生じている可能性もある。

Le Message

この本の底本には、コナール版バルザック全集を使用しました。

著者紹介

オノレ・ド・バルザック　*Honoré de Balzac*

作家。1799年フランス中部トゥール生まれ。19世紀ロシア文学のさきがけとなった写実的小説群「人間喜劇」で知られる。恋愛小説から怪奇・幻想小説まで多彩な作品を執筆し活躍。豪放な私生活も伝説的に語り継がれている。1850年没。

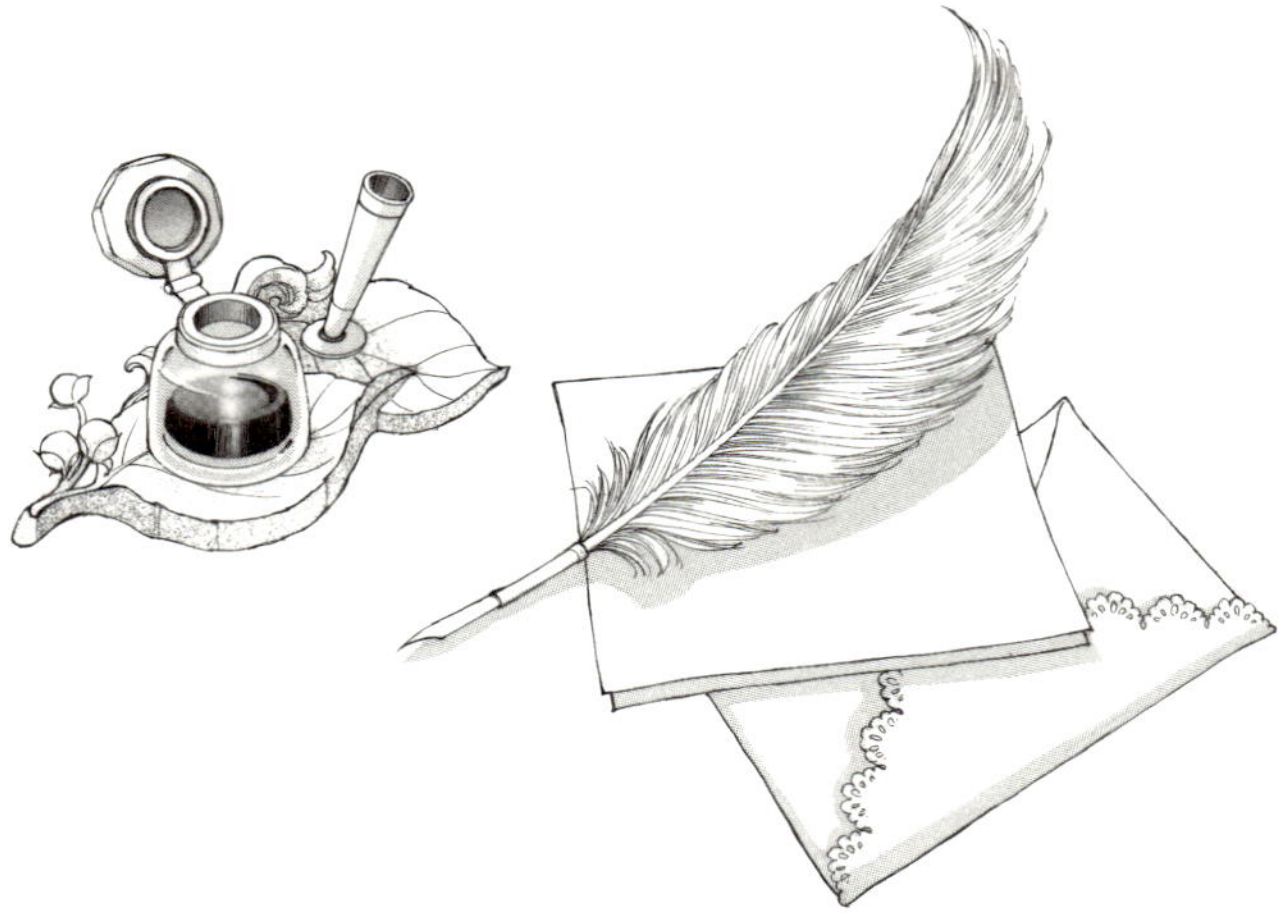

安達正勝　あだちまさかつ

フランス文学者。1944年岩手県盛岡市生まれ。東京大学文学部仏文科卒業、同大学院修士課程修了。フランス政府給費留学生として渡仏、パリ大学等に遊学。執筆活動の傍ら、大学で講師も務めた。著書に『物語 フランス革命』『マリー・アントワネット』など。

木原敏江　きはらとしえ

漫画家。1948年東京都目黒区生まれ。1969年、『別冊マーガレット』でデビュー。代表作に『摩利と新吾』『杖と翼』『アンジェリク』『夢の碑』など。現在、集英社の隔月誌『ザ・マーガレット』誌上にて、『王朝モザイク』を連載中。

バルザック 三《みっ》つの恋《こい》の物語《ものがたり》

2019年9月5日　初版第1刷　発行

オノレ・ド・バルザック
安達正勝　訳
木原敏江　画

発行者　佐藤今朝夫
発行所　株式会社国書刊行会
〒174-0056　東京都板橋区志村1-13-15
TEL　03-5970-7421
FAX　03-5970-7427
HP　http://www.kokusho.co.jp
Mail　info@kokusho.co.jp

編集　伊藤昂大
デザイン　小西優里（図書の家）

印刷・製本　株式会社山田写真製版所

ISBN　978-4-336-06372-4